Dirección editorial
Ana Laura Delgado

Cuidado de la edición
Angélica Antonio Monroy

Revisión del texto
Ana María Carbonell
Sonia Zenteno Calderón

Diseño
Ana Laura Delgado
Javier Morales Soto

Primera edición en tapa dura, octubre de 2012
Segunda reimpresion en tapa dura, octubre de 2018

D.R. © 2012. Ediciones El Naranjo, S. A. de C. V.
            Avenida México 570,
            Col. San Jerónimo Aculco,
            C. P. 10400, Ciudad de México.
            Tel: + 52 (55) 5652 1974
            elnaranjo@edicioneselnaranjo.com.mx
            www.edicioneselnaranjo.com.mx

ISBN: 978-607-7661-44-3, tapa dura

Los Muertos andan en bici

Se imprimió en el mes de octubre de 2018, en los talleres
de Jiangsu Phoenix Printing Production, LTD, China • Para su composición
tipográfica se utilizó la familia tipográfica Lacuna
• Se imprimieron 2 000 ejemplares en papel bond de 150 gramos,
con encuadernación en cartoné. • El cuidado de la impresión
estuvo a cargo de Ediciones El Naranjo.

LOS Muertos
andan en bici

Christel Guczka • Ilustración: Betania Zacarias

el
naranjo

I

No tengo mucha suerte en los trabajos de la escuela cuando se trata de hablar de mi familia. Y es que mi maestra siempre cree que estoy inventando "cosas de mal gusto", pero no es así.

Una vez, nos pidió que lleváramos algún objeto especial para compartir con los demás en la clase, y en lo primero que pensé fue en la oreja de mi papá que está guardada en un frasco con formol dentro de la vitrina de la estancia. Papá la conserva como recuerdo de su niñez y como la prueba de la apuesta que ganó a sus amigos, cuando les demostró quién era el más fuerte al quedarse colgado de las orejas en un tendedero de ropa por más tiempo que ellos. Al día siguiente, en el momento que tocó mi turno, no pude terminar mi relato, pues la maestra se desmayó de la impresión. Cuando volvió en sí, me ordenó a gritos que fuera con la directora para recibir un reporte.

Algo parecido sucedió la semana pasada cuando, después de hacer el árbol genealógico de nuestras familias, debíamos mostrar la foto de un pariente que ya no estuviera con nosotros y platicar de él. La única que había encontrado en casa fue la que mamá le tomó a la abuela mientras se ahogaba con una semilla de durazno. Claro, ella pensó que se estaba riendo a carcajadas, no sabía que segundos después la abuela moriría.

Por este relato me gané tres días de suspensión aunque, como ya salimos de vacaciones, cuando volvamos seguramente mi maestra no se acordará del castigo.

Como es costumbre, pasaremos unos días en la cabaña que mi tío Arnulfo nos presta cada año. Es un lugar muy bonito rodeado de árboles y con un lago enfrente en el que se puede pescar. El tío Arnulfo dice que debajo de aquellas aguas hay monstruos marinos. Cuando te descuidas, salen y de un mordisco te pueden arrancar cualquier parte del cuerpo. Al menos ésa es la historia que siempre cuenta para explicar por qué le falta un ojo.

Así que espero con ansiedad el momento en que por fin subamos al carro y nos dirijamos allá. Tengo listo mi equipaje, mi bicicleta y un cuaderno para ir anotando las aventuras del viaje.

II

Este lunes es mi primer día de descanso, pero hasta el miércoles nos podremos ir, cuando a mis papás les den permiso en sus trabajos.

Mamá es fotógrafa y a veces tiene que viajar para capturar imágenes insólitas, como ella dice. Sus fotos, como las de unas pulgas siamesas o una pirámide construida al revés, se publican en una revista de cosas raras.

Papá es experto en anatomía, es el encargado del laboratorio de un hospital en donde analizan las enfermedades de los órganos. A mí me gusta ver la colección de las partes del cuerpo que ya no les sirven a los pacientes y que guarda en nuestro sótano.

Yo de grande quiero ser escritor y contar todo lo que me ocurra sin que me castiguen en la esquina del salón de clases o tenga que dar largas justificaciones por mi comportamiento. Zacate seguirá siendo mi cómplice y juntos nos convertiremos en el más famoso dúo aventurero.

III

Mañana será el gran día. Apenas nos levantemos, papá manejará una hora hasta nuestro destino. Las maletas ya están en la cajuela. Ahora no queda más que intentar dormir y soñar con el viaje. Sólo espero que Zacate nos deje pegar el ojo; no ha parado de ladrar en el garaje, seguro está igual de emocionado que yo.

Está amaneciendo. Lo primero que hago es tragarme de un bocado la pieza de pan dulce que está sobre la mesa con el licuado de algas marinas pintas traídas por mi mamá de las Islas Caimán y que ella siempre me obliga a tomar antes de salir de casa. Ni siquiera me lavo los dientes para no perder más tiempo, estoy ansioso por llegar a la cabaña. Mis papás revisan por última vez que llevemos todo lo necesario, mientras Zacate continúa ladrando y moviendo la cola sin parar, ha dejado un largo camino de tierra regada desde el jardín hasta el carro, nunca lo había visto tan desesperado por salir.

Papá ha encendido el motor del coche. Todo listo para la aventura... Si tan sólo Zacate dejara de ladrar...

IV

Al fin llegamos. La cabaña está frente a nosotros. Todo está igual que el año anterior, también la maleza que crece frente a la entrada. Bajo de inmediato y corro hacia el lago para comprobar si la balsa sigue en su lugar; a papá y a mí nos gusta remar.

Mis papás entran en la cabaña y me piden que saque mi maleta de la cajuela. Me acerco al coche y Zacate no deja de brincar junto a mí. De pronto se escuchan unos arañazos. Del interior me llega un olor extraño. Abro lentamente la cajuela, desde adentro unos ojos pelones me miran asombrados:

—¡Buenos días, Tocino! —alguien me grita y de un brinco sale de la cajuela.

Me quedo con la boca abierta, es mi abuelo. Él me decía así porque el tocino es uno de mis alimentos preferidos. Mi abuelo murió hace dos años, cuando en la bicicleta intentó ganarle a Zacate y se estrelló contra un poste; por eso mi perro estaba tan inquieto, lo había reconocido desde el primer momento.

El abuelo me abraza con gusto. Lo observo por un momento. Luce mucho más delgado y sus lentes están rotos, se le ven algunos huecos sin pelo en la cabeza, le han crecido hierbitas en las uñas, sus ropas se ven algo raídas y llenas de tierra y tiene varios agujeros en el cuerpo, pero sigue siendo el mismo abuelo activo y risueño que yo recordaba.

—¡Abuelo! —lo jalo al interior de la cabaña—, ¿qué haces aquí?

V

El abuelo está recostado en el sillón. Mi mamá, que se quedó paralizada de la impresión durante diez minutos, después no ha dejado de sacarle fotografías y de preguntarle por la abuela. Papá, por el contrario, se ha puesto sus guantes y con la lupa observa minuciosamente sus brazos, sus agujeros, el hoyo por el que se desangró dos años atrás; pone el oído sobre su pecho y confirma el diagnóstico: está muerto.

Mientras tanto, el abuelo no ha dejado de regañarlos para que lo dejen en paz y pide que le den su pipa para leer su periódico, como lo hacía cada mañana. Siempre le fallaba la memoria y a veces tardaba días en recordar algo que tenía que hacer; ahora parece haber olvidado que está muerto. Mamá piensa que lo mejor es no decirle nada, no sea que con una noticia tan fuerte lo rematemos del susto.

Así que escarbo entre los cajones de la estancia. Encuentro una de las pipas del tío Arnulfo y se la doy junto con un periódico viejo que protege una recámara de las goteras. Me siento a un lado del abuelo y miro cómo el humo que absorbe de la pipa sale por cada uno de los agujeros de su cuerpo. Sin duda, éstas serán unas vacaciones inolvidables.

VI

Hemos decidido hacer un día de campo a la orilla del lago. Mi mamá ya tiene listos los emparedados de betabel amarillo y un agua fresca de rábano; nos disponemos a disfrutar un poco del sol. Yo me adelanto con el abuelo para meter los pies al agua. Me cuenta historias de su infancia, y de cuando se convirtió en el mejor detective de su época (las mismas que me contaba cuando estaba vivo). Apenas comienza otro de sus relatos cuando, de pronto, un pez de color amarillo y grandes mandíbulas le arranca el dedo gordo del pie (ahora muy flaco) y, de un solo bocado, se lo traga; sin embargo, el abuelo no parece sentir dolor. Mi madre anuncia que la comida está lista y nos alejamos de ahí.

Nos hemos dado cuenta de que el abuelo no ha venido solo, una pequeña mascota habita en su oreja. Es un gusano que seguramente no pudo quedarse a reposar en su tumba y ahora lo acompaña a todos lados. Sale de su guarida para aprovechar las migajas que han quedado de nuestro alimento. Baja por el cuello, el brazo y la mano del abuelo, y come un poco antes de regresar a su lugar: todavía puede gozar de los manjares de la vida.

Todos disfrutamos del momento: mamá está feliz de tener de nuevo al abuelo en casa, papá lo observa con atención, yo como mi tercer sándwich, el abuelo cuenta sus historias entrecortadas, como si no nos hubiera dejado de ver, y Zacate muerde el tobillo del abuelo. Pero sobre nosotros aparece una nube oscura que interrumpe este momento de tranquilidad. Es un grupo de moscas que rondan amenazantes. De inmediato recogemos todo para regresar a la cabaña, aunque no es la comida lo que atrae a esos bichos sino el olor del abuelo...

Desde ese día, mamá le prepara diario un buen baño para quitarle de encima la tierra, las hierbas y las moscas. Mi abuelo se resiste aunque después de muchos ruegos, al final acepta disgustado.

VII

Nos hemos divertido a lo grande esta semana: remando, jugando a las escondidillas, trepando a los árboles y descubriendo nuevos tipos de plantas.

El abuelo duerme en mi cuarto, mientras mis padres deciden qué hacer para que regrese al cementerio, pues saben que en la ciudad no será posible mantenerlo como si siguiera vivo. Yo estoy ansioso por contarle a alguien la increíble experiencia de tener a mi abuelo de vuelta desde el más allá. Me gustaría mucho saber lo que se siente cuando uno está entre otros muertos, cuando salen a pasear o a asustar a la gente viva, saber de qué temas platican, si recuerdan a las personas que los quisieron o si les molesta que usemos sus cosas, pero nada de eso puede responderme el abuelo porque se le ha olvidado. Me conformo con que hoy esté a mi lado y podamos divertirnos tanto como antes. Creo que Zacate piensa lo mismo porque se subió a su cama para seguir mordiéndole el tobillo.

Esta noche, el abuelo no puede dormir. Se levanta despacio y sale de la cabaña. Desde la ventana, Zacate y yo lo vemos tocar la tierra húmeda, meterla en un costal y regresar al cuarto con el fardo a cuestas.

Apenas lo escucho entrar, corro a mi cama y me hago el dormido. Va jalando muy despacio la tierra hacia el baño y se encierra ahí, pero por más que pego la oreja a la puerta no logro escuchar nada. Me está ganando el sueño, así que tendré que esperar hasta mañana.

VIII

Ha amanecido. Me levanto contento e intrigado, estoy impaciente por saber lo que hizo el abuelo en el baño. Empujo la puerta y encuentro la tina llena de tierra, al parecer ha dormido ahí... No es tan fácil olvidar el hogar.

Me visto y bajo a desayunar con mis papás, me extraña no ver al abuelo ni a Zacate. La mesa está lista, mamá ha preparado unos ricos hot cakes de harina árabe junto con el eterno licuado de algas marinas pintas. Me preguntan por el abuelo, nadie lo ha visto y a Zacate tampoco. Desayunamos en silencio, pues, aunque papá diga que quizá salieron a dar un paseo y que no tardarán, en el fondo, todos estamos preocupados.

Han pasado algunas horas sin que tengamos noticias ni del abuelo ni de Zacate, mis padres piensan que quizá no encuentran el camino a casa, y se disponen a buscarlos por los alrededores. Yo me quedo en la cabaña por si regresan. La espera me parece larguísima, sólo se escucha el sonido de los pajaritos que cantan desde sus ramas. De pronto, escucho unos pasos que se acercan a la puerta, abro y es el abuelo.

—Abuelo, ¿qué te pasó?

—No sé...

—¿Y Zacate?

—¿Zacate? —se rasca la cabeza como tratando de recordar ese nombre—, ¿qué Zacate? ¿No quieres ir a dar un paseo en bici?

Le he pedido al abuelo que recuerde dónde ha estado pero también lo ha olvidado. Salgo de prisa y empiezo a gritarle a mi perro, quizá lo guíe mi voz, pero nada. No puedo esperar a que lleguen mis papás, tengo que buscar a Zacate, puede estar en peligro y asustado esperando a que yo lo encuentre.

Cuando volteo, mi abuelo ya se ha montado en la bicicleta.

—¡Espera, abuelo! ¡Yo voy contigo!

IX

Hemos recorrido un largo trecho, pero al abuelo nada le resulta familiar. Yo me siento cada vez más triste, de pronto, escucho unos ladridos conocidos. Sí, son de Zacate.

—¡Zacate!, ¿dónde estás? —grito ansioso mientras el sonido de sus lamentos se escucha cada vez más cerca. Entonces mi abuelo recuerda que iba caminando por ahí cuando algo lo hizo resbalar, pero logró sostenerse de unas piedras...

Al fin logramos encontrarlo; no será nada fácil sacarlo de ese lugar. Ha caído en una enorme zanja y se necesita una soga para rescatarlo. Pronto oscurecerá y mis papás seguramente están preocupados por nosotros.

Buscamos algo para sacar a Zacate, pero ninguna rama es lo suficientemente larga para alcanzarlo. El abuelo me propone que sea yo quien trate de subir al perro, mientras él me sostiene de las piernas. Me deslizo despacio, me estiro lo más que puedo para llegar hasta Zacate, pero no lo logro. Cuando sólo me faltan unos centímetros, comienzo a escuchar que algo truena, son los huesos del abuelo que ya no resisten.

—¡Un poco más, abuelo, ya casi llego! —le grito de cabeza. Entonces suelta una de mis piernas.

—¡Mi brazo, Tocino, coge mi brazo! —me grita el abuelo mientras me da su brazo que se ha desprendido del hombro.

Lo agarro con fuerza de un extremo. Zacate encaja la quijada en el otro lado y, no sin dificultad, el abuelo nos jala hasta que llegamos arriba.

—¡Lo logramos, abuelo, lo logramos! —los abrazo y lloro de felicidad.

Pero tenemos otro problema: estamos perdidos.

X

Todo está oscuro y no logramos encontrar el camino a la cabaña. Decidimos dormir y esperar a que amanezca. Mañana con la luz del día lo intentaremos de nuevo. Nos cubrimos con unos matorrales y el abuelo me cuenta una de las tantas historias que me platicaba cuando estaba vivo. Yo la escucho como si fuera la primera vez. Intento colocarle el brazo, pero hace falta pegamento. Poco a poco me voy quedando dormido, lo último que alcanzo a ver es que Zacate le muerde el tobillo al abuelo, es un hueso duro de roer.

No sé cuánto tiempo ha pasado. Me despiertan los ladridos de Zacate y una voz que me anuncia que han venido a rescatarnos. A lo lejos se ven las luces de algunas lámparas, son mis papás. Zacate no puede esperar más y se abalanza hacia ellos, yo corro con el brazo salvador detrás de él y detrás de mí, el abuelo, que se ha subido a la bicicleta e intenta alcanzarnos a gran velocidad. Sin embargo, la oscuridad y la falta de un brazo le impiden controlar el manubrio, pierde el equilibrio y se estrella igualito que cuando se murió, aunque esta vez con un tronco. Todos corremos hacia él, el abuelo se ha desmayado. Papá lo carga en brazos y regresamos a la cabaña.

XI

Mañana regresaremos a la ciudad. Desde el accidente, el abuelo no ha vuelto a despertar. ¿Será que los muertos pueden volverse a morir? Mis papás han decidido que lo mejor es que lo enterremos en este bello lugar, al lado del lago; porque si se le olvida de nuevo que está muerto, podrá ocupar la cabaña, usar la pipa que le hemos dejado sobre la mesa de la entrada, meterse a la tina rellena de tierra y leer sus periódicos viejos, en fin, sentirse como en su hogar.

Las maletas están listas en la cajuela. El carro avanza y yo me despido de la más increíble aventura que he tenido. Al llegar a casa voy a hacer la tarea: una redacción sobre lo que hicimos en las vacaciones. Por supuesto tendré que hacer uso de mi imaginación e inventar una historia que no provoque que me expulsen del colegio: algo así como que fui a la playa o que me quedé en casa ayudándole a mamá a hacer donas de ajonjolí agrio con caramelo. A fin de cuentas, cuando sea famoso voy a publicar la verdadera historia. Entonces muchas personas la leerán y nadie pensará que digo mentiras. En la vitrina de la estancia de mi casa, junto con la oreja de mi papá, estará el brazo de mi abuelo como la prueba de la valentía que caracteriza a mi familia.

Christel Guczka

Me gustan los tamarindos, los juegos de mesa, los libros y los viajes. No hablo mucho, pero me encanta leer y es tanta mi pasión que hasta mi perro lee a la perfección. Aunque me entristecen las situaciones feas que pasan en el mundo, nunca dejo de soñar que es posible mejorarlo, sobre todo con los pequeños detalles. Por eso escribo historias para niños. Colecciono palabras lindas y divertidas que guardo en un gran costal para usarlas en algún relato que les mueva el corazón. Es así como encuentro en mis lectores más amigos con quienes compartir las cosas bellas y valiosas de la vida.

Betania Zacarias

Nací un viernes de otoño en un pueblo con calles de tierra y eucaliptos, justo a mitad de camino entre la ciudad y el campo. Siempre me gustaron los días de lluvia, salir a jugar con mis botas rojas y hacer montañas con las flores azules de la jacaranda. Pero lo que más me inspira es el mar. Podría pasar horas escuchando su música, tratando de encontrarle un sentido a ese ir y venir incansable. Hoy vivo en Barcelona, a diez minutos en bici del mar. Trabajo entre montañas de papeles de todo tipo: lisos, rayados, con lunares y estampados. En mi mesa nunca falta una taza de té rojo y en mis dibujos nunca sobra el color azul.